時の舳先

長澤ちづ

歌集

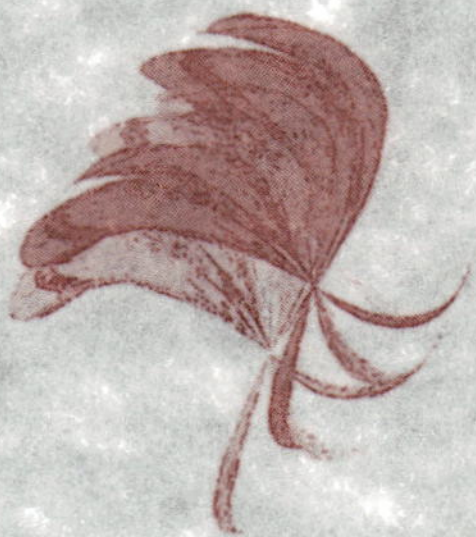

角川書店

智の醜態

夏樹 著

角川書店

時の舳先＊目次

装丁　倉本 修

歌集　時の舳先

長澤ちづ

I

光の海へ

煽られて逸るなかれといましめてくぐまりおりしきさらぎ長し

シジフォスの石を積み来し訳ならね仲間と共に歩みし日々は

帽飛ばし私の何を差し出せと風はいうのか追いかけて来て

ばらばらになりそうな吾を保てるは無色無臭の早春の風

手を垂れてただただ立っていればよい花の弥生を風が撫でゆく

漏刻の水のしたたり凍るかのきさらぎ抜けて我は旅人

桜《はな》の枝《え》に修羅の隠れていたること気づかざりしを悔やむともなし

道筋の見えて来たると踏む原に雲雀よひばり翔けのぼりゆく

春楡《はるにれ》の若葉が隠す鳥影を目に追いながら風になるわれ

ワレモコウ吾また紅とぞ早暁のぎざぎざ葉先に照る水の玉

余剰なるものとし出でくる水滴か夏の葉先のつよき輝き

ぶらんこに背もたれいらず腰入れていざ漕ぎいだす光の海へ

滾々渾々

海面は表面張力にふくらみて何か怺える冬の夕凪

夕凪が鋼《はがね》の光放つなかくろき渚にひたすくるぶし

心ここに在るがに指が疼くなり子どもの頃の突き指の指

ゆらゆらとゆらゆら息つめ沈みゆく底《そこい》というはどこまで行けば

蜘蛛の網《い》の真中に蜘蛛の動かざり蜘蛛の時間の淵に立ちたり

染め返す衣《ころも》に然程の思いなし脱皮ののちの清しさ軽さ

羽美しき孔雀も矢張り鳥なればその啼き声にえらばるるとぞ

高く高く昇りつめたる小鳥から失速すなり太陽《ひ》の眩しさに

眩しさにまなこ射られて落ちるとも光おそれぬ一羽たるべし

あ・ま・り・り・す五音かかげて咲きにけり切磋琢磨は一茎の仲

球根とうこの小宇宙育てつつ動けぬ母を看取りいる父

降る前に捥ぎし枇杷の実剝く指に意地のようなる大き種触る

泡立ちて身裡めぐりていしものも鎮まりみればただの水なり

覗き見る深井日《ひ》に異《け》に明るみて水のぼりくる滾々渾々

風草

カーナビは葛折りへと行きたがる近道らしく山の歯医者へ

避暑地にて歯の疼き出す間の悪さ波寄するごと歯の疼くなり

間欠泉のように歯痛がおそいくる遠近の不安引きつれながら

振り返るいとまの今はあらねども何の化身か猫振り返る

降り掛かりし艱難われを玉に、せず白玉ならぬ歯を抜くことに

秋桜《こすもす》に喩えられたることありて野の花なれば立ち上がりくる

鳧《けり》という鳥に会いたく田に来たり　冠《かんむり》　羽の跳ねたる見たく

人影のすくなき夜明けの道行くに電信柱も表情変えて

背中より己が姿を見詰めいる孔雀のあおき羽のまなこは

「讒」という画数多き字思いだす七変化の葉を虫が喰いいて

流れにも杭あることを良しとしてあそびのごとく渡り行く鳥

あら草の上をとんぼがひくくとぶ目に追うとなく晩夏のほとり
風草を野より帰りて壜にさす風のきらめきもはやあらねど

縹　色

稲を干す甘き香りに包《くる》まれて未だ影濃き里山の道

白秋の陽射しあまねく及ぶ道　草花博士に歩調合わせて

水引と金水引は別の草　金水引は夜のにおいす

イタイあざみとノハラあざみの見分け方　花首凜と立てるか否か

見下ろせるムジナが池に亀の居て名を問えば手足せわしく寄り来

荻《オギ》ススキチガヤカルカヤカヤツリ草　吟行会もたけなわとなる

草相撲して遊びたる車前草《おおばこ》は星や菫《すみれ》へのアンチテーゼぞ

明星派の星菫調に対抗して前田夕暮らは「車前草社」を起した。

帰りきてポケットより出す一連《ひとつら》の野葡萄にあり日向の匂い

縹《はなだ》　色香《こう》色古書の褪色と墨の濃淡わが二十代

年々に瑠璃にかがやく縹色　浮世離れの人と言われき

一誠堂神田古書肆の一一〇年堂々として　養父関わる

かけ軸の「シーボルト先生散策図」主《あるじ》を仰ぐ顔長き犬

駅までを今し口論せし彼とひとつの傘に入りて行くなり

一房の葡萄の実なり青春はひとつひとつの窓が点りぬ

存在証明

毀ちたる壺は元にはもどらない反古燃す炎の滅《けし》むらさきよ

一日を歌に関わりなく過すアイロンかけて半衿付けて

半衿を付け替えるほどの糸なれど少女の頃の鋏に切れず

逃げ水を追いいる夏の夢覚めて現《うつつ》の 境《さかい》 遠雷走る

犬と来て見渡す夕《ゆうべ》の丘の上遠くに海が寝そべりている

勘違いは犬にもありて虚空きく耳の形を三角にして

背後より向日葵の萼の重なりを仰げば仏の螺髪のごとし

仏像の光背覗く心地せり向日葵の列の後に立てば

振り向けば空黄金に夕焼けて向日葵ゆらりと歩み出すなり

夜の蟬何かうったえ窓を打つ飽和状態ぬばたまの闇

稲びかり樹々の梢を華やがすともしび消して窓に寄り行く

日の未だ昇らぬ海に何の予兆　静止している一羽のカラス

浜の砂夜の名残に湿るなか跑足《だくあし》の犬と男よぎれり

昨夜《よべ》の風の存在証明風紋は　砂照らししか十三夜の月

波消しの岩場に座り日の出待つ黎明というときめきのなか

昇りくる日を背にさねさし相模なる浜よりのぞむ秘色《ひそく》の富士を

岩と岩の間に海が奏でいるしろがねくがねは太古のひびき

Ⅱ

石敢当

霜月は臨月の子の里帰り　父の忌日の塩高く積む

激しかるジェット気流の中を浮くこの物体を踏みゆける足

神さぶるガジュマルの樹の根方にて空を仰げば雲の楼閣

疲れいるわたしを誰ものぞまないオオタニワタリ風に揺れいて

ひめゆりの少女らの顔に包囲され得体の知れぬもの込み上げる

精神をまっさらにせんとする力か突き上げてきて溢れ来るもの

鼓膜とう敏感なもの神たもう震わせながら語り部を聞く

錆び果てた鉄塊の洞《うろ》は戦車とぞ閉所恐怖症の兵居らざりしや

目瞑れば心ここよと言うようにまなぶた震ういしぶみの前

沖縄の集団自決は虐殺ぞ　丸木夫妻の絵画《え》が圧倒す

魔除けとう石敢当立つ石畳その坂道を足とられ行く

喜屋武《きやん》岬に阿鼻叫喚は聞こえねど手裏剣のごと岩つばめ翔ぶ

投身の数多の飛翔打ち消して沈黙しおり断崖《きりぎし》の波

離陸時の修学旅行生の声の波背後より寄す精霊のごと

七年後の我に七歳《ななつ》の女孫おり　辺野古の海には人魚泳ぐや

ガジュマルの下

戦いの写真に音も色も無し裸足の男の子の震えも見えず

砲弾の無音轟く一枚の写真の前に立ち尽くすなり

少女らの数多の眼《まなこ》に包囲され眼を見張るとき涙の泉

病院壕に少女ら持ち来し学用品　三角定規の直角かなし

筆箱や三角定規や手鏡や　使われるなし戦場というは

南風原《はえばる》の外科壕跡より見つかりし丸き眼鏡の弦《つる》の疑問符

汚物とて処理されにける兵の四肢花の乙女のけなげな手にて

助かろうと助かるまいと外《と》の光求めて壕《がま》を出でたる心

焼夷弾に緑の林は火の海、海　兵も民も無く壕奪い合う

火の海と化せし嘗てのアダン林　土埃道抜け岬まで

沸点に達する怒り氷点に達する絶望　沖縄の戦後

体験談柔くするどく刺してくる戦後のバブルにぬくぬくと生き

渋谷にて夕べ食べし《とう》ポタージュは安納芋にて南の島の

マグマが噴き出すところ沖縄は　この地を盾に繁栄の首都

昇りくる太陽すなわち「黄金花《こがねはな》」ニライカナイの水平線より

キジムナーに遭わんと今も夕暮を待つ子ら居るやガジュマルの下

赤き髪の精霊がいてガジュマルの葉っぱに白い唾吐くらしい

左目のあらねばこの魚《うお》潮に乗りキジムナーに食われしものか

珊瑚礁の隆起せし国琉球の石垣の反りに美しき夕照

心地よき明るき呪文沖縄方言《ウチナーグチ》　ひとつ覚えの出会えば兄弟《イチャリバチョーデー》

古代微笑

寒冷紗の風に波打つ冬の畠《はた》ほうれん草が収穫を待つ

不法投棄監視カメラが設置され風が避けゆく冬の畦道

瑠璃の花ひとつ見つけてつぎつぎに畦の銀河が目に広がりぬ

あらたまの日に翳し見る十の爪あわれ人差し指に星生れ

富士山は此処良しと来てしゃがむなりえのころぐさの枯れ穂に並び

瑞々と葱の穂突き出す寒《かん》虚空過ぎて樹下《こした》の北向地蔵尊

彩《と》りどりの餅花小枝に涸《から》ぶとも供えられたるお堂明るし

どうしましょうどうしましょうと猫の声通り掛かりて木末見上げる

夫と犬とわが気紛れに付き合いて海を見たいと言えば海まで

春を呼ぶ貝寄せの風この風も　そびらたたきて何かうながす

波消しにぶつかりながら飛沫上ぐ海の血潮は白とばかりに

引く雲もはたまた機影も光りつつ質感の無し空のまほらに

冬潮の時をとどめし忘れ潮まっさかさまに銀翼映す

桃色のジュゴンの目には白き涙　戦闘機飛ぶ下を泳ぎて

紅型《びんがた》の絵柄に閉じ込められているオスプレイ花蔓《つる》に巻かれてしまえ

銃弾が頬をかすめてと語りあう昨日の嵐話しあうがに

打たれぬよう辷らぬように腰かけて眼鏡が曇る会議の席に

忘れ物したかと振り向く我が席に捨てていいよと小さな矜持

錆びそめて背の蝶番きしめども乗馬と聞けば心おどるも

みどり児の引目鈎鼻見てあれば束の間うかぶ古代微笑の

わが大き鞄を褒めてくれし人　放りこまるる混沌知らず

くろき雲母

これの世へ怒りのように噴きいだす嬰児の湿疹　老母の発熱

泣きに泣くこの火の玉が呼ぶは何　冬潮分けて日が昇りくる

昼下がりの融けかかりたる霜柱くろき雲母《きらら》を犬食わんとす

宙に浮くことばさがして野道ゆく畦に張りつく冬のたんぽぽ

飾りいしあけびの口がちぢみゆく緘黙というはときにみにくし

病む母は一艘の舟ゆらゆらと波のきざはしくだりつづけて

病室を去らんとすれば母が問う「このまま何を待てばよいのか」

山鳩が真実かなしと鳴いていている衰えぬはただ母のたましい

空の鐘楼

転んでも起きても四月はやってくる花の咲くのを待つばかりなり

預かりし缶をあければ赤や黄のリボン出できて大会迫る

張り詰めてどうにかなるとも思えざり伸びきったゴム虚空に飛ばす

朝《あした》より肩いからせて過ごししか緊張するとは人歪にす

収拾がつかなくなるをおそれつつ枝から椿は離れられない

春の嵐に濡れそぼちたる椿葉をくぐりて帰る娘とその赤児《こ》

「かんたんに死ねないものよ人間は」幾歳《いくつ》の頃の母の言葉か

荒波のこの世の岸辺に踏ん張って否水平に横たわる母

空のまほら春の鐘楼浮かびいてごおんごおんとなにかうながす

鳥の目もまた虫の目も求められ乾きゆく目に桜もおぼろ

八分咲きの桜が雨に打たれつつわれの余白をゆるしてくれぬ

椨《たぶ》の樹の洞《うろ》にはいりて聞きたけれ天空の雲が木にかたる声

三百年の樹齢を誇る杉木立動かざるものわれは畏敬す

桐の木の一本遠く見通せるこの空間のいつまであるや

庭先のからすのえんどう畦道のすずめのえんどう大きさ小ささ

あらくさに名を当てはめて落ち着きぬ空き地の車前草《おおばこ》野の風知草

夫とわれの小さき空間行き来して終える命とかなしみ見る仔

うす紅に霧染まりいるひとところ在ると思えば山桜花

ふかぶかと山にくるまれ眠りけりわたしの所在誰も知らない

青葉の余白

上空に光の雫ためいると見る間にこぼす欅大樹は

竜王の降り止ませたる嵐かな女人高野は雨乞いの寺

室生寺

拝したき観音像はお出かけ中震災支援と聞けど口惜し

東日本大震災復興支援として、「奈良・国宝室生寺の仏たち」の特別展（平成26年7月～8月）が仙台市博物館に於て開催された。

境内へいざなう丹塗りの太鼓橋ときめきながら渡りしものを

十一面観音像に見《まみ》えんの他は青葉の季節の余白

遠く来て同じ嘆きの女人いて言葉交わしぬ金堂の隅に

鐙坂見上げる先の五重塔木立がなかに時をとどめて

仏像の梱包半ばの人々と背中合わせに中食を為す

観音の御足の甲に触れて来し指もてなしぬ飲食《おんじき》のこと

右足をやや前に出すお姿と瑣末な知識得るもうれしく

声明《しょうみょう》に遅れる眼《まなこ》あそばせる経文はなれ錫杖の輪に

隠り国《く》の初瀬の寺の舞台にて山々見渡す領巾《スカーフ》なびかせ

川泳ぐ蛇の早さを人は言い無聊の時をかがやかせおり

非在

大輪の薔薇園巡り来たる目にわが家の野ばらの白のすずしさ

母の字に雨降ると言う人のいて母逝きし日の雨小糠雨

産みくれし人の非在のたよりなく潮の引きゆく浜に立ちおり

如何にして海にかえりてゆく母かいつまでもわれは渚の娘

若き母おさなきわれに語りけり千の鶴とう名前の由来

千羽鶴一羽足りぬと夢に来てうったえる母しかとあゆみて

雨粒となりて下り来るたましいか仰向き濡らす母似の眉を

ウスバハゴロモ

「未来からこぼれくるもの一瞬は」未来へ向かうものにはあらず

ほっそりとした夏雀の急降下異空間よりこぼれ来たるや

草色のウスバハゴロモくわえつつ竿の雀は遠く見ている

蟬しぐれの濃緑の壁に閉ざされて過去へ過去へと下降してゆく

八月の朝より日がな「カッコウ」と笛を吹くのは隣家の少女

土埃巻き上がりいる校庭の低鉄棒にいざなわれゆく

形見の時計

金平糖の角が味蕾を刺してくる　食失いし母の晩年

石室に知る祖先なくおさまりぬ父より先に逝きたる母は

最期まですこやかなりしは左右《そう》の耳ひらめきながら蝶となりけり

逝く人がしばし留《とど》まる天空の波止場があらん空のまほらに

母亡くし加速して来た我が時間形見の時計いずこに消えしや

孫、子らの寄るとて母のととのえし色とりどりの水菓子干菓子

精霊が一人の墓処寂しいと雨滴となりて傘を叩きぬ

角砂糖紅茶に角を崩しゆき抱える悔いは母に重なる

天主堂の十字架映しいし入江　対馬《つしま》の水面　今も目に揺れ

光と水と

芋の葉の銀の水滴風に揺れ雨の一夜をつづりてやまぬ

ががいもの莢実の舟に乗って来る小さな神よ少彦名命《すくなひこな》は

薄様の和紙のようなる花びらを分けあい食《と》ぶとろろあおいの

水中に毬藻を回転させる風吹くとう湖畔に風をききたし

耳朶もたぬ海豹《アザラシ》のきく流氷の音を思えば蟬時雨する

犬の時間　毬藻の時間　蟬の時間　木陰に眠るみどりごの時間

葉先には草の涙が揺れていて戻りたくない時間もありぬ

夕虹のいただきめざしゆく機影ゆめ戦闘機の的とはなるな

あぶら鮠カメラの眼には捉え得ず秋の白光沼をかき消す

夢の鳥

台風の駆けぬけゆきし浜辺にて波立ち上がり砕けるを見つ

幾重にも折りたたみては寄せて来る高波の壁風圧はげし

夕浜にくぐまり居るは何の精しかばねのごと流木が伏す

夕光に照らされぬらぬら光る砂踏みゆく無垢の犬の肉球

浸蝕を食い止めるものテトラポッド四つの角は孤独だったか

ただ一人見つめて一途な生きものが真水のにおいさせて寄り来る

嵐さり気圧低きかこの辺り耳の底には何かうごめく

日没の光凝りて海冥しサーフボードは楯にはならじ

おそるおそる豆腐餻とぞ沖縄の日没の空のくれないを食む

むらさきの山りんどうは色濃くて夕かげるとき目を閉ざしたり

よべの夢の鳥の出で来て丹《に》の色の尻尾ゆらゆら走り根を行く

Ⅲ

心のうろこ

これまでもこののちもまた宙返りすることのなく果てなん一生《ひとよ》

逢う魔が時の誰も恨めぬ突き指に溜息すれば犬見上げおり

沈みゆく夕日のほとりに外すのは眼《まなこ》のうろこ心のうろこ

亡き母のそのまた母のまた母の昔語りは女らのもの

朝靄の湖畔に伏し目の女たちしずく滴る魚《うお》のごとしも

船上に見放くる山の中腹は紅葉《もみじ》の帯がおぼろたなびく

秋空の深さと湖水ひびきあう音を聞きしやかの国鱒は

鬼はそと

薄氷が土に亀裂を成すさまか中近東の直ぐなる国境

太く光る水平線のその先に領海という見えない線も

風たてばまた燃え上がる炎《ひ》のくねり人身御供の語が立ちのぼる

火あぶりの火を点ける手が映されて後《のち》の地獄もこの世のことぞ

目には目を目《ま》の当たりにして目がかわく迷彩服には目のみが光る

鬼はそと鬼は外とて鬼出して雪に打たれる鬼を思わず

たった一人を助け出せない国家とは裾まで白きさむき寒き富士山《ふじ》

紙一重浮く

強風に病葉《わくらば》松葉あまた散り松毬ごとにかたまっている

泥濘という語も死語か雨後の風にはやも乾きて朝の舗道は

銀杏落葉ふっくら積る上を踏み紙一重浮く日常感覚

ひらひらと理路整然と散ってゆく海前禅寺の銀杏の大樹

微調整成りて軌道に乗る「あかつき」科学の神も細部に宿り

残光が刈田おおいて消えしのち夕月は歩ごとくきやかになる

厖大な数字の果てにまたたく星仰ぎ行きつつ地につまずきぬ

人はかつて犬を宇宙に打ち上げき生きて星にはなれぬ命を

野に犬と駆けいるだけでよみがえる子供の頃のあの充実感

母にならない

認識と事実がすこしずつずれて反時計回りの会話をしたり

濁流に流されて来てころがれる原発廃棄物ダルマのごとし

無かったことにしたい昨日が銀杏葉が黄金色に積りゆくなり

塩壺の密なる塩が夜の灯にきらめきながら時ながれゆく

時の襞に都合悪しきは置き去りてみっしりと砂を嚙んでいる靴

里山に鳥いて人を笑うらしわらわれんとて犬とゆくなり

箱の中七つ椎の実ならびおり弾丸となるはどの子にあらん

時へだて捨てたき過去が返されし本の折目に張りつきており

母われの帯はれやかに祝婚の席に居る子は母にならない

花の憂鬱

春風のいたずら窓辺のリヤドロの少女の肘を小突きゆきたり

花見へとゆらりゆうらり石畳おのものおのもの影を踏みつつ

走り根の瘤につまずき見上げれば散るばかりなる桜《はな》の憂鬱

笛の音を聞きし気のして見渡せど真額《まびたい》打ちて風ゆきしのみ

夜桜の雪洞《ぼんぼり》のした揺れながら伸びちぢみする人との距離が

さまざまな表情をして卓かこむ五人のおみなの衣《きぬ》のくれない

足の爪切るときのみの愉悦これ立膝をして宵湯上りに

花疲れせし夜の夢に色のなくわたしはわたしの花を見ている

踊り場

いつだって経験のないあしたなり誕生日という踊り場に立つ

吐き出しも呑みこみもできずかさばれる氷片に答延ばしいる舌

*CPAP《シーパップ》用の器具装着《つ》け眠る傍《そば》　川音のして川がながれる

*睡眠時無呼吸症候群対応器具

いつの間に未来のマスク着けていてあなたはいつも前をゆく人

楽観も悲観も遠く歩みきてしかしやっぱり肩は凝るなり

夫居らぬ一日は犬も不安定散歩きらいて傍にまるまる

映像の舞台の楽器の手垢言う夫はかつてのギター少年

どうしても戻って行けない夢の場所ひかりまぶしき胎内のよう

草刈りの刃音に負けぬほととぎすテッペン駆けたか母の天衣は

初冬から春への喃語可愛いくて夏闌けくれば不安つのり来

四歳になるというのに

この夏の朝々の焦慮まぶしみて笑い話にする日のあれよ

千円札の旧き紙幣を差し出せば会話ふくらむ湖畔のパン屋に

矢継ぎ早に噴きいだす言葉待つ日々よ入道雲の立ち上がる夏

祈るよりほかにすべなきこと増えて夫もわたしも言葉にはせず

象が来た日

北に向く書斎の窓を開けたれば亡父《ちち》の吐息の如き出でゆく

夏の陽に弾けんばかりのミニトマトこの児に実れあかき言の葉

関心は尾の有無にして三歳児ふさふさ尾の犬追いかけまわす

またの日に言わんと延ばすことひとつ夏樹は繁り時をふとらす

普遍とはときにうとまし白線を食みだしたくて仕方の無きに

日本に象が来た日と知りしより我が誕生日跫音《あおと》たちくる

南蛮船に象は揺られてやってきた未知なるものの象徴として

浮世絵に描かれたりし象は山あまた子供を遊ばせる山

土踏まず象にありやと思いつつ青竹踏みす深夜かたかた

秘蔵書と呼べば明るむ書架の上、切支丹版『日葡辞書』あり
家蔵本『日葡辞書』は影印本

原爆と隠れ切支丹と諸諸《もろもろ》と浦上に吹く風の螺旋よ

伝えるを放棄したりし親も居らん滅《けし》むらさきに長崎の闇

蘇《かえ》りくる申し訳なさ天草の出稼ぎの叔父に会わざりしこと
天草は実父の出身地

天草は蒼く遠くて貧しくて母と離れて一年余り

胎児ほど

父が逝き三十いくつか春が来てまぶた重たく椿が咲きぬ

かつかつの遣り繰りなして駆けこむは面会時間ぎりぎりの病室《へや》

Ｌでなく逆さのＴとは娘《こ》の胸の切口のことほどなく手術

良性と二・五キロの肉塊の瑞々しきを医師ささげ来る
肝臓に腫瘍ありて

たった今取り出ししもの胎児ほど母になれざる娘の身に育ち

日も経ずに病床《ベッド》より子は抜け出しぬ誰やら役者の追っかけせんと

身の内に危うさ抱え暮らす子はその転がしかた会得していて
難病のクローン病認定患者

木蓮の紫かたきに指触るる角ぐむものは何もおそれず

池の辺の棕櫚の葉先が風とする会話ざわざわ亀の耳まで

薄暮には人みなさびし石畳下りて行けば桜《はな》の波寄す

異郷

サフランの球茎二つ手渡さる孵化待つ夏の卵のごとし

薄紙をまるめ放ちしつぶてかとうすくれないの芙蓉の蕾

向日葵の育たぬままに夏すぎて花もわたしも向きが判らず

犬猫の四足歩行のうつくしさ後姿《うしろで》にあり夕茜引き

金木犀どこからともなく香る宵ふと語り出す無口な犬が

左右《そう》の手の痺れて朝を目覚めけり少しずつ身に覚えなきもの

ドア引けば何かが髪に落ちてきて土間に守宮《やもり》と知るまでの瞬

衰弱死は消極的な自死ならん彼女知る人皆うたがわず

異郷へと転がりゆきし毬の綾あまりにはやく見届けがたし

これからは友の消えゆく時間かと追悼歌などたのまれており

生まれ月夜の玻璃戸に映りいる虚像の我か我が虚像か

目を高く羅《うすもの》まとう月を追う追えば追うほど離れゆく月

高空の雲雀の視力ともしくて仰げばくらむ空の底《そこい》に

薄明の白粉花の鮮やかさに励まされ行くねむたきまなこ

錆ふきし南部鉄瓶嘆きおり長火鉢なる灰も固まり

龍村《たつむら》の帯とて亡母《はは》の大切な古代ペルシャの正倉院模様

母とわれと雨の日が好きで雨の日の秋海棠の茎のあかさよ

Ⅳ

寒晴れの空

何もかも雪降り埋める遠い駅　三人称が似合う夕景

冬の浜に遺品をさがす人見ればわが失せ物はあまりに小さし

渾身の力を舌に籠め舐める犬の心はこの手のひらに

犬友《いぬとも》のダルメシアンのダルちゃんの死を運び来る寒晴れの空

霜柱かりかりかりと犬が嚙む傍に空を仰げば戦闘機飛ぶ

わだかまり鞣《なめ》してゆくのが日常か国境の地のカフェはにぎわう
映像に見る南北朝鮮の国境

存在感薄き心地に目覚めしとう人の午睡の色を思えり

午睡より覚めてもわれはわれであり蜘蛛にも雲にもなれず揺蕩《たゆた》う

寝おどろく夜のかさなり寒の日々小鳥のように小食になり

曖昧な輪郭の月空にあり　緩々締めくる目に見えぬもの

桃花光

耳に怒濤目にセルリアン満たしつつ足裏沈ます黒き浜砂

渚辺と平行なして空の雲波のごとくにたたまれてゆく

流木は掻き集められ焚かれしか炭化未完の年輪のこる

カヤックの櫂をあやつり波にのる人たち目の前横切りてゆく

魚《うお》獲るとカモメ一羽が急降下海面繁吹《しぶ》く命と命

横たわる流木に犬と影並べ沖を見ており日の暮るるまで

水平線あまりに長く見つめればあかねさす空あかねさす海

時かけて海の鼓動を聞きいたり呼ばれしごとく冬浜に来て

友逝きし未明　その日の水平線に現《うつつ》ならざる桃花光見き

「甲州のたから」と誰か言いいしかあたたかく人を包みたる人

熊野大斎原

機上より三千六百の峰々を見下ろし旅の予感たかまる

八上《やがみ》から継桜《つぎざくら》へと王子行く往時の人の辿りし道を

夕暮の大斎原《おおゆのはら》に風わたり遠くへ運ばる神々の声

夕暮の大斎原の真中にて仰げる空に鳥すわれゆく

お座りがやっとできる子為すあくび世界を吸って世界吐き出す

若き日に仰ぎし滝の水量に及ばねど三筋しろがねの艶

熊楠《くまぐす》の守りたる杉八百年の一方杉《いっぽうすぎ》の傾きに触る

三十日《みそか》後に息を引き取る人よりの雨に滲みし封書手にする

うつそみの声聞きたしという文に時はいくらもあると信じて

別天地熊野の時空こえてきて机上の訃報にあなたの名前

逝きしその日何の予兆もあらざりて一心不乱に校正なしぬ

カフェラテのゆがみしハートこわれずにゆがみたるままのみどをぬける

友住みし地とし思えば日野駅を通過するたびいたみの走る

人と人の車内空間保たれて七人掛けの両端から埋まる

東京のさくらはうすずみいろをして西下するほどさくら色なる

雪の声

天つ空の波越えながら鳥去りし大斎原にハンカチ拾う

天空の田を営々と守る人春には春の花を咲かせて

十津川の子の朝一の仕事なりし山の水引く樋の点検

修験者の猛き心もなぐさめし熊野桜か群れざる桜

奥の院玉置《たまき》神社に向かう道積みゆく雪の声をききつつ

くぐまりて補陀洛山寺の白砂に梛の実ひろう家族《うから》の数を

那智の浜補陀洛浄土の渡海船　艫《とも》・舳《へ》あれどもこれ柩なり

国つ神と天つ神との綱引きの地より戻ればどっと睡魔が

千切れ雲

海辺へと平野抜けゆく鉄道に海士有木《あまありき》駅無人駅なり

復旧が日ごとに進み訪ねたる上総牛久は終点ならず

滝壺へと下りゆく脚の緊張感舗装されたる平地に慣れて

豪雨経て水量豊かな銀のあや　養老渓谷粟又の滝

葉を手折りさあ嗅ぎ見よと手渡さる月桂樹かと訝しむ吾に

団栗と椎の実の差を掌《て》にころがす　復興支援と物見遊山と

大多喜城の近くに廓の町の名あり廓《くるわ》とは城廓のことらし

懸造《かけづく》りの笠森観音仰ぎ見る高く高く観音かかげて

観音堂の扉《と》を毀つとも四層の階《きだ》は壊れずその技恐る

伸ばしたる腕の先よりわき出でて空にいくつか千切れ雲あり

水の郷

水の郷佐原の観光マップ良し四十近くの文学碑記す

忠敬橋中央《なか》にし八方しるす地図散策させんの気迫に満ちて

川の駅道の駅あり鉄道も浄土への道寺社また多し

山車《だし》庫《ぐら》がマップにあまた描かれて江戸に優《まさ》ると言われし祭

忠敬が脚や眼《まなこ》に測りたる象限儀・量程車・垂揺球儀などなど

忠敬もはたまた忍者もせしというナンバ歩きぞ国巡りしは

利根川の支流の堤に桜《はな》マーク再び訪わんこの地図を手に

常夏の雪

遠世《とおよ》より鈴ふり詠う声せずや「神《かむ》からならし神《かむ》からならし」

攫われしごとく出で来し旅の空　今能登湾をクルーズの人

氷見《ひみ》沖にイルカの背びれ煌めきぬまた一頭と続けざまにて

雪被く連山惚れ惚れ見てあれば茜に染まるはさらに美《は》しとぞ

冬陽反す雪の立山想うとき浮かぶは暮鳥の「聖三稜玻璃」

朝市にもとめて来たる能登の和紙果し状など書くに相応しや
能登和紙を商う人のなめらかな語り恐れて頓首して出づ

V

時の舳先

富士山の裾まで延びる縹《はなだ》色春の女神の駈け抜けゆきて

一対の女雛男雛の雛かざり大臣《おとど》も官女も居らぬ清しさ

櫓漕ぎなる艀《はしけ》に移りたどり着く　天草五橋架からざる頃

十歳《とお》までは流浪の子なる姉弟にて祖父母の記憶うすくあるのみ

目、鼻、口そして耳より海満たし　わが身ほたほた船酔い気分

人間とは不要なことをするものぞ流木抱え渚に置けり

流木は男波女波とあそびつつ行きつ戻りつ潮潤《ほと》びつつ

サーファーら横一列に波を待つくろき海鳥逆光のなか

あたらしき時の舳先《へ》に立つ踵《きびす》いかなる星をめざしゆくのか

ワライカワセミ

コロナ禍が欠席理由となるに慣れ静かに沈む水底に慣れ

久々の会議にのぞみきっぱりと発言すれば目をそらされて

対面に座る人たち目を伏せて車窓の景色と共に消えゆく

百歳にまだ間はあれど曾孫おらねどヒトならぬモノに変わりハジメル

マスク外しヒトとあう時代《とき》来たならば我ワレならず彼カレならず

しくじったしくじったとて軋みつつ貨車が連結されるを聞きぬ

おくつきの草引きおれば鴉来て両足跳びに横切りてゆく

目には見えて見逃すことも少なからずコートの柄が千鳥格子など

鰺二匹さばけば腹より出でてくる小魚ひとつしんとたそがれ

消化不良のことばのせいか夜半覚めて堂々巡りの頭《ず》に雨ざんざ

机上よりゼムピンひとつ落ちにけるかそけき音に犬とおどろく

樹花の間を縫い飛ぶ鳥を繍眼児《めじろ》かと問う声したりそうかも知れぬ

ケータイにワライカワセミ鳴かせれば激しく笑う　涙ぐむまで

旅人

水槽のレンズにふっとふくらみて金魚はあかきつぶてのごとし

りんどうのむらさき色が雨にぬれ絵手紙一枚の抒情なれども

遠い過去が傍らに来て座りおり藁半紙の束のような感じに

キャンパスの銀杏並木の金の照り遠世のごとく思い出すなり

ゆらゆらと水を湛える器われ表面張力の緊張にいて

七面鳥の鳴き声そっと真似る人印旛沼なる前田夕暮

「感性は飛び火するもの後世に」三日ほど経てひびき来るなり

フジバカマの花に憩うと旅人も旅の蝶なるアサギマダラも

秋の蟹

かつて子らに結びし感覚よみがえる車中の少女のリボンの張りに

子らにあまり見ざりしさまよ感情を全開にして泣きおらぶ孫

仮名書きのわが名はうれし仮名よめるみつゝみに先ずは覚えられたり
みつみは孫の名

変身を願わざるとも朝毎に知らぬわたしが鏡にのぞく

耳障りなバックの音と思うのは前のめりなる心のせいか

庭樹々に夫が水撒く土の香の上り来るとき盛夏すずしき

芦ノ湖の湖上を霧は被いゆきおおい尽くせぬ鳥居の丹色

水底に潜んでいたる魚たちの浮上してくる満月となり

病床の夜を脱け出す秋の蟹ふたたび秋は来ぬと覚悟し

百足が百足ながら甲斐甲斐しくねり出で行く光のなかへ

編目処のそろわぬニットも温かし節目の多き一生に似たり

社会的距離

雨上がりの雑木林に耳澄ます幹上りゆく春の水音

十薬の花しろじろと咲く頃か社会的距離《ソーシャルディスタンス》とう言葉生れしは

英語名さわらないで《タッチ・ミー・ノット》という花よ風にゆれいる吊舟草は

山羊八頭胎の仔とともに盗まれぬ無月の夜を如何に鳴きしや

一年生となる筈の孫とランドセル春野に宙吊りラベンダー色して

三時間余の映画「ドクトル・ジバゴ」視る自粛の日々の余得ぞこれは

大小の六匹のコイと吹き流し悠々泳がすちからある空

立ち位置を確かめ仰ぐ朴の樹の花のさび色照らす夕光

亀の顔に二通りありて春の池憮然としたるが在来種ならん

起き上がり小法師がふたつ耳にいて挫けそうなるとき叱るなり

百日前の手術も忘れ呆《ほう》けゆく父よあなたに褒められたき娘《こ》

策動に取り巻かれいしことすらも後に思わば華やぎならん

あとがき

今年六月に第六歌集を出版したところですが、逆編年順だったその『振り子の時計』と、第五歌集『フランス窓』収載の歌との間に五年程のブランクがあり、そこを埋める形でこのたび第七歌集として『時の舳先』をまとめました。『フランス窓』に直接つながる二〇一三年から、コロナ禍が始まった頃までの作品でまとめていて、この歌集の後半と逆編年順の『振り子の時計』後半では、時期的に重なるものもあります。『振り子の時計』で省いた結社誌「ぷりずむ」収載の歌や、短歌総合誌に掲載の機会を戴いた作品などで編集しました。

歌集名は、前歌集『振り子の時計』同様に、時の流れに拘って、次の一首から『時の舳先』としました。

あたらしき時の舳先《へ》に立つ踵《きびす》いかなる星をめざしゆくのか

初句は、はじめ「限りある」でした。「限りある時」は私にとって未知なる「あたらしき時」に違いありません。また「あたらしき時」が誰にとっても平和でありますようにとの祈りを込めました。

二〇一三年という年は、引き継いだ結社誌「氷原」を終刊し、多くの「氷原」の仲間と共に新しい結社「ぷりずむ」を立ち上げた年でした。その頃の心情に触れる歌をまとめるのは、実に気の重いことで、そのため第六歌集は逆編年順で、近年から時を遡る形で先ずスタートすることにしました。そして、愈々、このたび、残された五年ほどを手掛けることになりました。二〇一三年当時は、先ず今日出来ることをと言う気持ちで一歩一歩進めましたので、冷静に落ち着いて行動したとも思い、周りの人たちもそう言って下さったのですが、歌をまとめて見ると、相当感情的な私がいて苦笑してしまいます。読者の皆様も、さぞやそうお思いになることでしょう。そうは言うものの、当時の思いを無かったことにしてその頃の歌を捨ててしまうのも忍びなく、今や、気の抜けた炭酸水のようなものですが、御高覧頂ければと存じます。『振り子の時計』が余所行きの歌集なら、こちらは普段着の歌集として位置付けることが出来るかも知れません。

新しい出発を支えて下さった「ぷりずむ」の皆様には、今更ながら心から感謝申し上げます。当時、冷静に対応できたのは皆様の強い後押しがあったからに他なりません。この後も細々ながら頑張ってゆきたいと思います。

歌壇の皆様には、いつも温かく接していただき、『振り子の時計』出版の際には沢山のお励ましをいただきました。心から感謝申し上げます。

出版に際しましては、角川文化振興財団「短歌」編集長の北田智広氏、担当の橋本由貴子さまには大変お世話になりました。心から御礼申し上げます。装丁は前歌集に引続き、倉本修氏にお願いいたしました。有難くとても楽しみにしております。

二〇二四年七月十四日

長澤ちづ

著者略歴

長澤ちづ（ながさわ　ちづ）

昭和21年　長崎県佐世保市生まれ。

昭和52年　氷原短歌会入会。石本隆一に師事。

平成18年7月～25年6月終刊に至るまで「氷原」発行人。

平成25年7月　短歌誌「ぷりずむ」創刊。

歌集『書誌學序說』『水棲動物』『聖水伝説』『海の角笛』

『フランス窓』『振り子の時計』

選集『長澤ちづ歌集』（砂子屋書房）

共編『今こそよみたい近代短歌』（翰林書房）

NHK学園講師・朝日カルチャーセンター講師

「禅の友」曹洞歌壇選者。

日本歌人クラブ中央幹事を経て参与・現代歌人協会会員他。

歌集　時《とき》の舳《へ》先《さき》

ぷりずむ叢書第20篇

初版発行　2024年11月21日

著　者　長澤ちづ
発行者　石川一郎
発　行　公益財団法人　角川文化振興財団
〒359-0023　埼玉県所沢市東所沢和田3-31-3
ところざわサクラタウン　角川武蔵野ミュージアム
電話 050-1742-0634
https://www.kadokawa-zaidan.or.jp/
発　売　株式会社　KADOKAWA
〒102-8177　東京都千代田区富士見2-13-3
電話 0570-002-301（ナビダイヤル）
https://www.kadokawa.co.jp/
印刷製本　中央精版印刷株式会社
 ISBN978-4-04-884618-9 C0092